KB269856

싸리나무
아 래 에 서

싸리나무 아래에서

박일우 시집

시와정신시인선

54

시와정신사

시인의 말

낡은 사진 속 쑥스러운 피사체가 되기로 했다.
오래 묵은 서랍의 잡동사니를 꺼내어
몇 개의 주제에 담아 보았다.
더러는 카오스에서 양자적 글쓰기를 시연해 보고 싶었
다.
텍스트의 문자가 입자라면 관측되는 순간 파장으로 번
지는
기이한 현상을 포착하고 싶었다.

1부 안으로(introspectio)는
델포이 내부 기둥에 새긴 내면의 성찰 "자신을 알라"
처럼
반자도지동(反者道之動)으로 내면의 본질에 대한 실체
를 들여다보았다.
2부 응시(Gaze)에서는 객체화된 주체를 조명하였다.
응시는 주체의 응시일 수도 있지만 객체의 주체에 대
한 응시이기도 하다.

그것이 때론 불안으로, 내면화된 상징의 침투로 자리 잡은 무의식이기도 하다.

3부 카오스(chaos)에서는 흔들리는 거울을 드러낸다.

시뮬라크르(simulacre)가 보여주는 실체의 진실에 대한 각성이다.

그것은 기나긴 카오스이면서 해체이며 자아정체성의 혼란을

극복한 경계에 자신을 위치 지우는 일이다.

거울은 흔들릴 때 비로소 진실을 드러낸다.

고정된 이미지는 하나의 그림자일 뿐이다,

흔들림 속에서 우리는 겹쳐진 얼굴과 세계를 본다.

그런 의미에서 카오스는 열려 있는 공간이다.

여기 담긴 시들은 확정된 의미를 강요하지 않는다.

마치 양자의 세계에서 입자가 동시에 여러 상태로 실재하듯,

한 편의 시는 수많은 가능성 위에 중첩되어 있다.

독자가 페이지를 펼칠 때마다, 그 흔들림 속에서 의미는 달리 나타난다.

어제의 독자가 발견한 풍경과 오늘의 독자가 마주하는 울림은 일치하지 않는다.

불확정성의 언어가 독자의 양자적 해석 속에서 살아 움직인다.

그것은 언어들의 얽힘의 장이다. '바람'은 '구름'과 연

결되고,

'햇빛'은 '나무'와 다시 울린다.

멀리 떨어진 언어들이 서로를 비추며 독자의 삶과 기억과도 얽혀 들어간다.

시와 독자, 텍스트와 세계가 비국소성의 원리로 서로에게 흔적을 남기며 공명을 만들어낸다.

그리고 이 모든 과정은 예측할 수 없는 순간의 도약을 낳는다.

이미지와 이미지 사이의 침묵과 여백에서 일어나는 갑작스러운 깨달음.

그것은 창발의 양자적 도약으로 피어나는 언어의 얽힘들이다.

따라서 시어들의 행간을 들여다보는 것은

완성된 의미를 획득하는 일이 아니라,

흔들림 속에서 자신의 거울을 만나는 일이다.

그 거울은 언제나 다른 빛으로 흔들리고,

독자는 그 흔들림 속에서

자신만의 우주를 발견하게 될 것이다.

4부. 바깥에서(De hors)

내부가 창조한 바깥은 타자의 얼굴을 버리고 새롭게 세상을 들여다본다. 그 위로 형상도 이름도 존재하지 않는 불립문자(不立文字)를 지향하게 한다.

바깥은 안으로 나와 응시 속에서 카오스를 유발하고

무한히 사라진다.
　날숨보다 들숨이 깊은 날에는
　더 완전한 밤을 위하여, 그런 건 존재하지 않지만,
　종종걸음으로 외출을 서둘러야겠다.

차 례

_____ 제1부
introspectio

풀꽃 시계

새겨진 팔뚝
풀꽃 줄기는 두 줄
동맥과 정맥으로
펄떡인다
아카시아 계단으로
언덕 하나 이파리 하나
한 발씩 올라서면

푸른 공중
외줄타기의 왼편과 오른편
만져지지 않아도
더듬어야 한다고

자운영꽃이 피어나는
편도뿐인 철길에서
강철시계는 외줄

우리 이제 내려가요
현기증을 뱉어요

심호흡해요

길 따라 마시고
내쉬고 춤추는
기계가 그리는 그래프
창밖을 기대는 두 손뿐인 나는
두 줄만 남은 맥박을 약속처럼 잡는다
토끼풀 그 질긴 줄기 말이야
그깟 두 줄 눈금쯤이야

사월과 오월에 붙이는- brioso

걸음을 벗어놓은 길들이 쌓이고
텅 빈 둔덕 옆으로
노란 명찰 딛고 일어서는
검푸른 사막

굽은 등성이가
다독이며 찾아오는 허리춤으로
새며느리밥풀이 고개를 내민다

펼치고 오므리고
합치고 흩어져 아우성치는
봄날의 함선을 뚫고
눈먼 넝쿨을 따라나선다
액자의 테두리를 벗어난다
묘향산 노루와 귀신고래의 다리는
별들 사이를 헤엄쳐 가고

슬픔이라는 물체가 타는 냄새는
바장이는 발을 숨긴 채 둥둥 떠서

망각의 닻을 천천히 내리고 있다
더 이상 그 물체를 다릴 저울은 없다

너의 가방을 앞에 두고 햇빛과 잎사귀뿐인
마른 해초 한두 개쯤 흐르고 있을
세월의 빗속 달음질친
어두운 장롱 바닥 잃어버린 금화 같은
비 오는 골목 질척대는 잔칫집 파전을 좋아하던 반지야
밟으면 닳혀지는
사금파리 맨발바닥 폭신한 슬리퍼야
다 불러내 잔치나 하자꾸나

해맑은 빛과 낙엽뿐인
녹슨 머리핀과 끈 떨어진 슬리퍼와
한바탕 춤이나 추자꾸나
이렇게 노란 개나리 품속 중추절에

기계의 눈물

온통 사람뿐인 그곳에서
하얀 통 속의 입술이 말했다
목마르다 내가 목마르다
검은 통 속의 손가락이
목마르다고 썼다
온통 사람뿐인 액체 속에서
목마르지 않은 입술이 썼다

하얀 통 속의 눈이 외쳤다
그것은 착시이다 거짓이다
검은 통이 들여다보았다
컴컴해서 안 보인다고 했다
온통 빛뿐인 태양 아래에서
정오의 눈알이 모른다고 썼다

작은 톱니가 철커덕거리는
커다란 길가에서
톱니뿐인 매끄러운 기계 소리가
우렁차게 피어오르는
검은 통과 하얀 통이 마주 보고

눈물이라고 썼다
더러는 윤활유라고 했다

처음부터 불이 꺼진
온통 기계뿐인
물컹물컹한 동그란 통 안에서 썼다
마지막을 타오르는 사각의 통 안에서도
굴뚝을 기어오르는 기체 속에서도
액체들은 눈물 한 방울 남기지 않았다
통 속의 바깥은 춥지도 덥지도 않은 비가 내린다.

그림자의 봄날

나뭇가지와 꽃으로 옷을 입히고 껍질을 벗기고 비틀며 쓰인 글이 벌떡 일어나
아름다운 이빨로 물어뜯는 숲 – 파블로 피카소, 「1938년 4월 2일」

밤사이 백발이 된
기울어진 햇볕이 부축하는
이팝나무 아래
자폐증을 앓는 봄날이
기다란 무릎을 거두고 있다

빛의 어깨너머
한쪽 묘성이 데려온
소리에도 그늘이 있어
'도'에서 '미'를 뺀
계단으로 불협화음이
반쯤 걸터앉아 디티람보스(Dithyrambos)*를 연주한다

저녁기도 시간
종소리의 행렬이 지나는
잡풀도 숙연한
길가에 길이 홀로 누워 있다
마주 잡은 두 손이 오르는
종탑 위로 샛길이 나고

짙은 우물의 외로움을
길어 올리는 웃음
두 줄에 매달린 입가의 사물
치유될 수 없는 톱니가 만드는
한 개뿐인 여러 개 얼굴의 먼발치로

행렬의 끝에서 사각에 의한 사각의 액자 속 또 다른 사각의
액자가 보인다
현상금이 걸린 사각 전봇대엔 집 나간 눈동자가 붙어있
다 시체도 없는 언어는 0과 1로 부활하고 불멸의 말씀을 뒤
적이는 고고학자의 원형이 무디어지고 있다

* 디티람보스(Dithyrambos): 디오니소스를 위한 합창

정오의 여행

어떤 딱정벌레를 제외하곤 다들 한낮에 떠났다
금지된 응급실의 푸르스름한 달리기의 형상이 혼자서
새벽 2시를 알리기 전에는
흐릿한 입가의 주름과 두텁고 여린 손바닥들의 마주침
에서
더 큰 충돌에 눈부신
눈꺼풀을 당기는 정오보다 더 밝은 여행 속으로
두 귀가 들썩이는 침대 바퀴 숲속에서

나는 비행을 배우는 중이다
가녀린 두 날개 속 색색의 무늬와
수많은 바람의 알갱이들을 수평으로 만드는지
퍼덕이지 않고도 날고 있는지를

나는 뽀송함을 배우는 중이다
열 개의 동전 중 잃어버린 단 한 개의 은화를
어떻게 찾아내었는지 그리고 함께 모여 축제의 촛불을
켜는지를
어두컴컴한 눈먼 날들의 진흙 속에서 수많은 눈을 얻게

되었는지를

한낮의 죽음과 한밤의 탄생이 함께 배낭을 지고
어제를 벗고 흐르는 강물이 되는지를
그곳에서 태어난 여행이 줄지어 흐르고
사막이 바다로 바다가 사막으로 합쳐지는지

춤추는 마네킹

들판을 지키는 허우대엔 깡통을 달고
가을을 가로질러 지푸라기로 티끌로 춤춘다

해 달 별 곡식 단을 이고
껍질뿐인 내려놓음과
진흙의 논두렁에서
여름과 겨울 사이를 비집고 던져진
머리와 봄농이 달그락거리며 춤춘다

아 쇼윈도의 꿈이어라
벗어놓은 상점 뒤편 꼭두탈이어라
구석진 미용실과 해부학실의 욕망이여
붙박이의 하나뿐인 다리가 절며 가는 새벽이어라

모두 마셔버린 바다에도 수평선은 그대로이고
천년을 갈아도 목마른 대지 위로
더는 지킬 것 없는 허공에 던지는 노래여
그 노래를 짊어진 어깨여
덩실대는 아리랑이여

지푸라기를 되새김질하는 육중한 근육의 외양간이 출근
하는 회사에는
또 다른 마네킹이 앉아 있다

자각몽自覺夢

기묘한 과일*이 달린 나무 위에서 흔들지 않아도 떨어지
는 잘 익은 목숨
육체는 한 움큼의 이별을 가져다 둘러앉아 또 다른 몸뚱
이를 훔쳐 먹는다

나와 나 아닌 것들의 구별은 얼마나 가슴 뛰게 하였던가
나我와 비아非我의 합일合一은 또 얼마나 고통스러운가

신의 입김이 불어오는
아버지가 자라서 아들이 되는 에덴의 들판으로
아들이 자라서 아버지가 되지 못하는 성전의 장막을 찢
는다
몽유병에 담긴 꿈속 발바닥이 배회하는 숨찬 바다로
폐부의 독소를 내뿜는 고래의 질긴 항해 속으로
깨어나지 못해 잠들듯
잠들지 못해 깨어나듯

강요된 꿈들이 날아다니는 은하 속으로
함몰하는 망각의 골목을 허둥대는
나는 지금

나를 꼬집어 깨우는 아버지 나라 뒤뜰에서 졸고 있다

채우지 못한 버림과
버림을 위한 채움이 있은 적은 있었던가
이불을 박차고 나온
있지도 않은 성스러움이
귀티 나는 쓰레기를 내다 버린다

* 빌리 홀리데이(Billie Holiday)의 노래

예선생

나무들이 여름을 만나러 간 사이
진단서 명단에는 선생님도 함께 있습니다

강아지처럼 날뛰는 생모리츠나 사이판에도 따라나섭니다
그분은 전문가이니 모든 걸
해결할 것입니다

이파리의 새싹과 그것의 오름과 내림과 뿌리 속까지
모두 자유롭게 날려 보낼 것입니다
예루살렘 무덤 위로 봄이 오고 겨울이 가고
아직도 모르는 선생님은
날마다 초인종을 누릅니다

그분의 얼굴은 잘 모릅니다
이번에는 꼭 만나 보아야겠습니다
그래서 알지 못하는 두려움을 붙들고
매몰찬 야곱처럼 이스라엘처럼 따져 보아야겠습니다

새벽이 오기 전

감싸 쥔 손가락이 없어지기 전에
오늘인지 내일일지
침묵의 시끄러움으로 잠겨 있는 문은
안에서 누르는 초인종에도 열리겠지요

이삿날

게르의 지주대며 천막이 통째로 이사하는 날에도 주인은 딱히 할 것이 없다

눈 쌓인 히말라야를 타는 동행의 발싸개와 날씨가 무겁다는 비탈길 꼭대기

이젠 속눈썹을 가늘게 스케치하는 틈새로 불타는 사막의 떨기를 볼 수 있지

너의 동공이 가물대면 야크의 울음은 좌표를 잃어버리곤 해

외로운 밤이 저 혼자 후렴으로 나시박하게 아베크 모아* 라든가

과녁이 도달할 뒤편에 돌아서서 한쪽만 남겨진 눈알 같은 허허라든가

그런 것만 들리지

눈꺼풀이 가늘게 치켜뜨기를 놓치면 충혈된 과녁은 사라지고 말아

궁수의 화살촉은

"다시 말씀해 주세요."를 반복할수록 너의 육감은 청바지처럼 바래곤 해

검은 것은 더 검게 흰 것은 더욱 치대어 희끄무레한 거품이 넘실대는 파도처럼

아니 먼 동굴 속 바위 껍질에 채색한 원시의 색깔처럼 찬

란하게 어리숙하여

　가끔은 철썩이는 오래된 비명 같은 침묵 그런 것만 필요
해

　사막의 능선으로 하루에 한 개씩만 뱉어낸 주사위 같은
흑점이 아무도 모르게 춤추는

　구멍 난 양탄자의 아랫목이랄까

　일 년에 한 번 크리스마스 날 잠깐 꿀꺽 삼키는 가을 논
바닥 목마름 같은

　말라비틀어진 뭐 그런…

　우리들의 다닥다닥 붙어사는 셋집이 도착할 번지는

　골목 깊숙한 신경세포의 회색 모퉁이

　에- 그러니까 그것은 엄숙하게

　"우리 함께"의 시간이 결혼식 날 바쳐진 영원히라는 지도
에 펄럭이는 레이스야

　한쪽으로 비켜선 그림자처럼 기다랗게 늘어서서

　자 이제 한 번뿐인 축복이 반복되기를 우리 모두 기도하
자 착하게 온화하게

　오직 축제뿐인

　방긋이 내미는 언덕 아래

　오 너의 행복이 나의 기쁨으로 꽃이 피도록 우는

마을 어귀 전봇대의 전선이 운명처럼 연결된 책장 같은
언덕으로…

그런데 집이 있은 적은 있었니?

* avec moi – 나와 함께.

흰 두루마기

시냇가 몽둥이로 흠씬 두들겨 맞은 몸통이
마당 한가운데 새끼줄에 걸린 으슥한 오후에는
맞잡은 사지 위로 망나니의 뿜어대는 이슬에
기다란 목을 내놓는다

뻘건 숯불이 오가는 쭈글쭈글한 광목천에 길이 나고
아론의 수염에 흘러내린 백부의 새하얀 동전
자정을 넘긴 하품이 신의 마당으로
검은 망건을 따라 일곱 해의 반쯤 감은 눈동자도 덩달아
조아린다

흰 두루마기의 엄숙한 다리미도 수십 년의 골동품으로
녹슬고
연보 궤에 들어가는 천 원짜리 지폐를 전기 아이론으로
곱게 다듬는
과부의 좁은 문은 세상의 대도무문大道無門이 아니었음
을

때 묻은 촌부의 동정童貞을 쉽게 흘려보내지 않는 옥토에

가득 실은 낙타의 바늘귀를 꿰며
허우적대는 날개가 비틀대며 팔려나가고 있다

기쁘고도 즐거운 굶주림이
무섭고도 두려운 두루마기 한 쪽을 펼쳐보인다
바랜 삼베쪼가리를 더듬어
엄숙한 세수를 한다
두루마기의 섶을 단단히 여민다

삼 층 천

"가이사의 것은 가이사에게
신의 것은 신의 것으로"
견고한 성문 외곽의 경계에서 치러야 하는 동전 '한 세겔'
성문 밖을 나서기 위하여
어리석은 옷 두 벌이나 신발을 준비하는

종이상자 하나 덜렁 메고
규정된 독설이 나무하는
하루가 백년 같은
미로 안으로

사각의 독설이 난무하는
희망이 긍정적이라는 골목에서
바른 것의 바른 것이 틀림이 되고
어긋남의 어긋남이 맞기도 하는
맞고 틀림도 없는

소멸이 소멸을 낳는
'삼 층 천' 그 바깥의
합리주의의 빌딩 숲을 지나

의지가 의지를 낳고
소멸이 소멸을 생산하는

시끄러운 골방으로
멀리 숨죽인 이팝나무의
눈발이 고지를 점령하고 있다
조문의 조문을 위한 행렬이
흰 그림자로 지나는

불경한 내 발바닥이 내는 소리가
뽀드득 외마디 골목길을 조심스레 밟으며
덜컹대는 시간의 행렬이
열차의 쇠바퀴를 이어가고
그 안의 바깥에서
이파리 하나 흔들리는 차 한잔을 꿈꾼다

봄날의 수채화

뚝 버들
버들가지 흔드는
여울목의 정차를 떠나는
나직한 속삭임에
서릿발 녹이는 붉은 솜털

강변 벤치에
푸르게 훌훌 털고
홀로 앉은 아침도 떠나
도착할 저녁을 향하여

아지랑이 가득한
만져지지 못할 뿌얀 솜털
내려앉을 어제들이
천방지축 물방울처럼
분주하게 자리를 잡는

비 개인 오후
아이가 울고 빨래를 널고 있다

회전목마

수도꼭지 앞에서 밤바다 트럼펫 울음을 듣는다
위층의 물 내리는 소리는 바다로 떠난다
앞으로만 달리는 말머리도 여전히 돌아와
종말처리장은 강물을 게워 내고
국물은 더 큰 냄비를 향하여 옮기는 중이다
바다가 끓고 있다 서리는 김이 천정에 고인다
새롭게 찍어낸 얼굴이 하늘 위에 둥둥 떠 있다
타워의 스케치가 흔들리며 밀려가고
서에서 동으로 남에서 북으로
폭풍의 노래를 부른다 여리게 점점 세게
비가 온다 가늘고 길게
대지의 틈새로 주름이 펴진다
농부의 물품이 배달되는 위층이 다시 물을 내린다
부서진 목이라도 말머리는 전진한다
샤워기는 목욕 중이다
목욕이 바다로 떠난다
엘리베이터에서 인사를 한다
인사들이 버스를 탄다
버스에 인사를 두고 내린다
종점에 보관 중인 인사를 찾으러 가는 중이다
아직 말발굽은 돌아가는 중이다

즐거운 우리집

불 꺼진 방에서
너는 그림을 그리고
나는 떡을 썬다

안녕의 방문이 열리고
몽상의 아침이 걸어 나가는
나의 구속으로 가능했던
너의 자유가
겨울 소나무를 좋아하던
귀신고래의 노래처럼

환삼덩굴과 망초와 길고양이로
북적이는 폐가에는
떠난 자와 남은 자가 듣는
산짐승의 노래

구겨진 웃음을 지우는
몸뚱이의 그림자 사이로
무료한 어깨를 거두고
똬리를 트는 배꼽 아래
어스름 우리 집

민들레

처음부터 믿지 않았다
나이지리아 자훈병원에서 이가 하얀 아프리카인과 찍은
너의 웃음 따위라든가
케치칸에서 보내온 알래스카 며느리발톱 같은 빙하의 꽃
이 든 편지 말이야

나는 여전히 충청도 외진 동네에서 근근이 하루를 보내
의사를 할 수도 근사한 식물 연구원이 될 수도 없어서 하
는 말이야

쌍둥이는 떨어져 있어도 서로를 느낀다는데 너의 눈망울
에 비치는 노을이라든가
손끝에 스치는 말랑말랑한 만져짐은 갈수록 둔탁해지고
있어

아참
보육원 앞의 민들레 줄기는 그대로인데 간판은 사라지고
새로 길이 나고 있어
누가 그러는데 어머니는 한 분이래

처음부터 우린 쌍둥이가 아닐지도 몰라

하얀 이빨과 빙하의 꽃은 처음부터 그대로인 거지

___ 제2부
Gaze

솟대의 꿈

티끌 날리는 마당으로 사그라드는 햇살
새의 덫처럼 솟대에 걸리기도 했다
박물관 전시장의 여인은 이제 아프지 않다
해진 편지와 함께 누워 있고 나는 유리 벽에 서 있다

천산 아래 티베트 여느 여인처럼
지어 준 배냇저고리로 연명한 계절들이 소멸할 아우성으로
솟내 위를 날아갔나
비바람에 흙을 묻히곤 했다
팔다리도 없이
장승의 이름은 계절과 함께 퇴색해 갔다
숨은 미소는 초승달처럼 야위어 빗물과 모래알로 채워갈
것이다

벗은 몸으로 들판을 부둥켜안고 돌아와 떨고 있는 상처
난 바람
꼭 감은 눈으로도 듣지 못하는 그믐에는
나의 두 눈과 귀도 달려오는 말발굽에 멀어져 갈 것이다
신은 이제 남루한 목청으로 말하지 않는다

불어오는

절벽의 넝쿨을 갉아 먹는 찰나가 회오리치는 난간

살가운 것들의 낯섦과 영원한 것들의 흔적을 동여맨

풍마風馬의 줄을 붙드는 간절한 손바닥도 팔을 떠날 것이다

달빛 쓰러지는 허허로운 날에는

무거운 낙엽송 퍼덕여 별빛 자욱하게 날개를 휘젓는다

가끔은 삼월삼짇날 장대에 묶인 숨을 끊어

마을을 실어 오르기도 하였다

돋음 발로 붙들기도 했다

솟대가 날아오른다

장승은 남겨지고

죽은 솟대가 솟대를 장사 지내는 밤

산다는 건

블랙홀을 만지는 것
보지 못하는 곳으로 두 손을 벌리고
흐린 달력 속으로 파고들어 가는
땅강아지의 컴컴한 자맥질

산 너머 걸린 해성들의 무덤을 향하는
동물의 걸음이 찍힌 언덕에서는
가끔 목을 돌려 꼬리 쪽을 바라보는
눈동자가 홀로 서 있는

파르르 떤다는 것
출구가 없는 바람의 등성이로
조금은 황량하기 위하여 빨간 신호에
갇히다가 밀려가는

마을을 끼고서야 살아나는 강물
가지를 벗어난 이파리의 패인 자리를 메우는
보름마다 둥근 꽃이 아름지게 달리고

헤브론의 이슬이 아니래도
흐린 날에는 말끔히 땟국을 벗은 등성이가
하나씩 승천하기 위하여 차례를 기다린다

시인들의 새 주소는 낱말 속이다
네모난 활자를 건너뛰는 새들이
갸우뚱 들여다보는 평범한 행성의 하루

찻잔 속

잎만 떠 있을 뿐
그래서
빈 형체를 따를 잔에 뒹구는

고요가 좋습니다만
둥근 잔도 모르고
그것마저 깨어지면 맑은 여울만 남아
찻물은 뒤안길로 뚝뚝 흐르겠지요

허공이 맑지만 만져지지 못하는
따뜻한 손바닥만 어루만지겠지만
구름은 먼 하늘
날아날아 끝 간 데

마주 앉으면 좋을 그 분은
홀로 내려앉아도
서너 개 얼굴로 둥둥 떠 있고
날마다
빈 잔을 따를 뿐입니다

가득 찬
부끄러운 숙연에게 모락모락 피어
내 것 아닌 것에 깃드는 찻잔은
한 가닥 희뿌연 서림으로
내어놓을 뿐
이파리와 안개로 흩어지는 점 하나

오직 하나
찻잎만 떠 있을 뿐
웃음 가득 손잡이를
지긋이 내려놓습니다

완전한 방목

날마다 목책을 넘보는
해변의 바짓가랑이가 작년보다 짧아질 때
'바다 한번 키워보실래요'
애인의 가방을 둘러멘 사내가 말했다

바다가 맛있어지면 울타리 사이 경계를 허물고
미끄러운 유혹이 미역의 껍질처럼 넘실대고
때론 바람을 풀어놓아
유목의 목줄이 빠져나가는 폭풍을 지켜보는 일
반려자로 연결된 모래알의 등줄기를 매만지는
사내의 환성을 듣는 일

꼬리를 흔들며 달려오는
'완전한 방목'을 몰래 훔치며
파도에 베인 암석의 상처를 어루만져
자장가처럼 듣는 일

방생하는 썰물이 되돌아오는
폭풍 속 잔잔한 날의 껍데기들

촉수로 떠다니는 해파리의 눈알들이
흐린 날의 눈썹 위로
너의 심장은 통통배 위로 멀미처럼 흔들고

울타리 속 문고리는
자기 몸에 빠져 죽은 사내를 기르는 고원의 등뼈 사이로
치렁한 장식에 날뛰는 무녀가 달려온 발굽이
심해에서 건져 올린 냉동 물고기를 진열하고 있다

해변 골목을 서성이는 물거품의 웅얼거림
한 방울 물, 플라스틱 얼굴,
물의 언어들이 튀기는 폭풍의 꼭대기로
갈매기의 깃털이 조금씩 가라앉고 있다

노을이 덫을 놓은 행성의 자전이 달려가는 길목에도
또 다른 봄이 샛길을 트고
불완전한 방목자들이
손시러운 해초를 한 움큼 쥐고서
비탈길 해변에 눕는다

기도

뻐꾸기가 울어서
산촌은 푸르고 골짜기는 깊어진다
약초가 자라고 구름은 비를 내린다

뻐꾸기가 없어도
여름은 찾아오고 골짜기는 흐르겠지만
풀들은 자라고 구름은 흐르겠지만

내가 울 때마다
가슴은 푸르고 사랑은 깊어진다
너는 자라고 하늘은 맑아진다

뻐꾸기 울어서 내가 우는
내가 울어서 뻐꾸기가 우는
사다리 같은 무지개가 걸리는 하늘

뒷산

막차가 끊긴 정류장으로 교차로가 새로 생기고
기다림이 선택의 줄을 늘이고 있다

앞산에 걸린 뒷산
노을 질 때마다 산을 옮기는 그림자
산기슭에서 산마루턱까지 조금씩 옮긴다
동풍이 불 때마다 산을 나르는 풀씨들
시냇물 건너 바위 턱까지 나른다

계절마다 차려입는 산자락
주말마다 내려온 김 씨는
동네 슈퍼 계산기 앞의 턱만 만나고 오듯
산은 산이라고 했다

울타리 뛰쳐나온 산
액자를 튀어나온 산
멧돼지가 식당을 기습하는 산
오래전에 죽은
산에 잡혀 산에 죽은 산

앞산을 품는다
걸어야겠다

나그네

봄여름 가을 겨울
기차와 버스가 지나는 큰길
구구한 비둘기도 떠나고
정류장도 끊어져
꿈길처럼 긴 가로등만 남았구나
한 번쯤 품고서야 돌아서는 노을
창밖으로 지고
어느새 나의 이름을 부른다

아무래도 가야겠네
바람 멀고 비 먹어 흔들리면
낡은 구두 줄을 동여맨다네
가림막을 거두면 산이 생기고
사라지고 또 사라져

차크라의 주름을 파도처럼 건넌다네
노둣돌을 놓아주길 기도한다네
너의 웃음 보기를 기도한다네

카리브해의 풍차

갈대를 지나 산을 넘으면
거꾸로 선 미소가 다리를 건넌다
달콤한 카리브해 풍차를 그리는 검은 손
화폭을 치켜든 힘든 오선지처럼

손목을 잘랐다
옛적 머리 둘 곳 없는
새도 아니고
여우도 아닌
하늘도 버리고 지상도 팽개친
바람 속 날개는 저 혼자 흘렀다

발가락도 감추고 머리도 숙이고
날개를 펴야겠다
밭고랑이 뒤집히고
햇살이 녹을 때까지
오늘도 굴뚝을 헤엄치는 태풍이 오고

검은 설탕에 눈물이 떨어진다

바퀴가 흐르는 바람 속으로
아름다운 것이라고
천국의 풍경이라고 불리는
풍차가 조금씩 돌아가고 있다

빈방

- 가난한 자는 복이 있다.

겨울을 태우고 있다
삼월의 처마 아래 포개진
둥그렇고 네모난 새벽이
파란 방구석을 피워대는
눈시울 따가운 빈방
아궁이에 모여 있다

쌀 한 가마니를 윗방에 들여놓은 날
사흘 굶어도 든든하다는
헛기침을 불사르고 있었다

웬 북어 대가리냐는
묘지 속의 이빨과
운명 같은 얼굴의 겨울과
꺼지지 않는 손바닥의 침묵

타닥거리며 사그라드는 깊은 골
너는 매운 굴뚝으로 날아가고
구들장의 온기는 기다린다
사랑방처럼 시끄러운

봄날의 식탁 아래
쥐고 있는 빈손의 얼굴

모네의 교회

우네시牛奶柿를 그리자면
감나무인지 대추나무인지 휘둥그레진다
그리하여 너의 초롱초롱한 눈빛과
늦가을 마당
추적하는 하늘은
굳게 다문 입술로 떠 있고
지상은 고목처럼 단단한 껍질을 내민다

그늘을 만드는 고욤을 만난다
재현이 아니라고 그런 일은 없다고
몽타주들이 줄 이은 순간에도
서둘러 나뭇잎들이 자세를 취하고

풍경 앞에 선 백지는
수만 번 바뀌는 너의 얼굴을 스케치한다
빛나는 얼굴이 쪼그라들고 있다
백골들이 거니는 정원에는
앙상한 시간이 쌓이고

오래된 듬성한 머리를 쓰다듬는

캔버스엔 4h 뼈대만 남은 심지들
오늘은 연필을 새로 깎아야겠다

사월 걸이

너를 지우고도 남아있는
옷걸이에 박혀 있는 못

그 못의 단단한 벽
그 방의 벽 아래
방바닥이나 홀로 쓸고 있는
흩어진 그림자

불지 않는 허공이
헌 옷으로 기숙하는 비인 방

벽장을 열면 드러나는 하얀 이가
숨어있는 한낮

아직 걸려 있는
그 한낮이 자라서

모내기를 끝낸 개구리 소리 가득한
벼의 낱알들은 짚단에 누웠을 것이다

풍금

- 무엇을 보려고 광야에 나갔더냐

문을 닫으면 햇살에 적신 닥나무 문풍지가
퇴색한 옹이 틈새로 고전적인 소리를 낸다
바람이 바람을 듣지 못하는

삭힌 시간으로 날아와
낡은 건반을 갉아 먹는다
주름이 눈가에 쌓여
퇴적된 출렁임으로 마루에 흐르고
푸른 밤이 흩어져 내리는 안단테의 침묵

지평이 풀어헤친 사막은 아득해서
버려진 가슴이 발판을 밟으면
너의 떨림이 쏟아져
먼지 쌓인 풍금은 흑백 소리를 낸다

어둠 없는 빛이 그저 밝음뿐이더니
바란 적 없는 슬픔 없는 기쁨
흑백 없는 건반으로 남은
비도 눈물도 없는 화성의 풍금
문풍지만 여닫는
사막이 흔들리는 하늘

기러기의 신국

어제를 우려낸 오늘이 복제되고 있다
내일을 죽이고서야 살아난 밤이
어제의 돌다리를 놓고 있다

하늘나라 등본을 마구 발급하는
뾰족탑에 걸린 둥근 시계 위에서
멀뚱거리는 비둘기의 눈빛으로
과녁을 응시한다

헤엄치는 하늘이 깃털로 날아드는
부자의 문간에 거절당한 반쪽의 신발
헐벗은 걸음이 다녀가고
부릅뜬 폐가 위를 바둥거리는

호흡이 이을져도 훔친 기억으로
찾지 못하는 신국은
뾰족한 살이 유영하는 하늘
기러기 떼 촘촘한 사이로
과녁이 외눈을 응시하고 있다

제1법칙에게

해 질 무렵 전깃줄에 걸린
비둘기의 눈빛으로
때때로 깃털을 터는 나를 바라보곤 해

막다른 골목
마을을 지키는 담벼락은
통증이 깊을수록 높아져만 가

분수대의 입구는 위를 향하고 비는 아래를 향하지
겨울이 오면 뚜렷해
차디찬 경계 말이야
봄이 오면 오르고 겨울에 내려오는 빙벽처럼

일상의 고체는 강물처럼 흐르고
아무런 구분 없는 물이 되어 파도에 희석되지
오늘이 다시 허물어지고 있어
숨은 그림이 지켜보는
붉은 벽돌을 오르는 아지랑이 말이야
너는 딱딱하니

석대도

은은한 감금
넘실대는 철문의 빗장 헤치고
사랑에 속고 돈에 우는 서풍 불 때면
놀란 쪽이 어디 그렇게 쉽게 열리나요
가난하지도 풍족하지도 않은 갯벌을 데리고 나서는 길

곁에 있어 줄 횡단보도의 선은 보이지 않는다
밀어신 섬의 일이다
주름을 눌러쓴 경건한 갯벌이
구부정한 등성이의 가죽과 뼈를 드러내고 있다
기다란 겨울 사이로
여름을 빠져나온 바다의 발바닥이 보이고
바둥대는 꼬리지느러미가 점점 흐려지고 있다

그믐의 끝자락
외딴 골목길 모퉁이가 솟아나고
창가를 엿보는 숨은 커튼이 젖혀지고 있다
하루 두 번 열리는 하루살이 조금에는
검푸른 바위의 설렘으로 휘파람이 새어 나오고

출퇴근에 찌든 길이 사라진
백사장에는 하얗게 세는 달의 눈썹이 지긋하다
보지 못하는 것들의 증거가 진열대 위로 드문드문하고
믿음이니 사랑이니 하는 것들이
단단한 석대도 앞에서 기적처럼 가슴을 여는
그게 어디 쉽게 팔리나요

____ 제3부
Chaos

붉은 달이 뜨는 밤

태풍에 드러난 잔뿌리들
아침이 없는 달의 황혼에는
몇 년에 한 번 부자연스러운
나와 너의 일직선을 파묻는다

빛의 천사들은 킷리스트를
작성하고 기계의 눈물을 곁들인
라크샤사의 요리를 주문한다

선글라스에 숨은 너의 오른쪽
충혈된 동공과 이불 속의
웅크린 바다가 떨고 있는
다층 소외가 데려온

낭떠러지가 던지는
그 밤의 탄식
새벽 3시의 환호가
굶주린 마음을 풀어 놓은 들판으로
달리다 멈추다 하는
온통 붉은 대지에
푸르게 풀이 솟아나고 있다

천 개의 거울

달리는 지하철 긴 의자에 기댄
고목들이 깨어나 허둥대면
소용돌이치는 환승의 길목은
쉽게 붙잡지 않는 법을 알고 있다

여릴수록 단단히 붙드는 천진한 두려움
멀리 와 버린 우듬지의 휘청거림으로
기도하는 무릎을 다시 고쳐 맨다
아니면 무한궤도의 지하를 헤맬지도 모른다

뒤꿈치 헌 구두가 매달린 걸음은
생명나무에 열리고
나무는 흔들리는 거울이 된다
이파리 하나의 표정과
이파리 두 개의 떨림
이파리 세 개의 얼굴

동산의 사과나무는 그대로 두고
떨리는 아담을 부르는 소리

가죽옷으로 두른
들릴 듯 명명된 이름을 되새김질하는 짐승

그깟 구두는 맨발의 껍질
수직으로 뻗은 줄기와 수평의 나이테 사이로
폭우가 지고 낙엽이 지고 눈이 내리고
다시 새싹이 돋아나는 직조된 백지의 거울 앞에는
새들이 물어온 울음이
가지 끝 날아간 깃털로 남는다

오래된 신세계

ㅎㅎㅎ를 나는 히히히 라고 읽었지만 너는 호흐흐 하고
그래서 히히 하는 흐흐라고 입력한다
새끼줄 꼬기와 방방이 뛰고 있는 웃음의 파롤이 실재라면
창세기 1장 1절의 없음 뒤에 있음이 그저 0과 1뿐인
붉은 행성 탐사선은 몇 가닥 안테나를 밀고 지리산으로 갔
을 것이다

고려인과 조선인이 어우러진 우즈베키스탄에 갑자기 눈이
내리고
호모 이동전화인은 쌍봉낙타에서 내비게이션을 켠다
모래 둔덕 있음과 없음 있음 101
별은 언제나 점자로 떠 있다

치마와 바지의 틈새를 삐져나온 새로 생긴 엘리베이터
그 사이를 오르내리다 사라진 없음 있음과 없음 010
너는 있음 없음 있음의 함수
우리는 010101로 저장된다

천사들이 실어 나르는

천국 사투리는 불의 혓바닥
그분만 아는 골방에서
믿음의 메주로 뜨고 있다
간장 된장 콩장장이 아바에게
국경의 통역관은 폐쇄된 지 오래다

친구에게

귀신은 펄럭이는 청기와 홍기 사이의 대나무 줄기를 타고 마을로 내려와

불연속이 불확실성을 방문하기까지 아마 바슐라르와 레비스트로스나 라캉이나 알튀세르를 만나고 마르크스의 수염을 타고 흐르는 차 한 잔을 쓰다듬고 왔는지도, 그리하여 모든 언설의 바깥에서 귀신의 계보를 타고 정언적 로고스가 밟은 미토스를 만나고 B.C 700년 헤스오도스의 휴브리스를 향한 네메시스를 잉태했는지도, 그때 대화를 엿들은 니체와 바따이유와 불랑쇼와 들뢰즈와 가타리의 카오스도 함께 있었는지, 벤야민의 죽음 앞에 차려진 『아케이드 프로젝트』는 쳅터 O의 매춘과 도박과 K. 꿈의 도시와 꿈의 집, 미래의 꿈들, 인간학적 허무주의, 융(Jung) D. 권태, 영겁 회귀 등에 대한 상관계의 통계학적 실체가 유의미한지

조선조의 청기, 홍기는 주자가례의 음양 이기론의 대나무 줄기를 타고 또 그 무슨 통시적 일원-이원-삼원론의 신내림인지?

저들끼리 무인도의 메타버스는 아바타의 강남 상륙인지, 한반도의 대륙 이동은 한 해에 2cm라는데 철로의 평행선은 만날 수 없지만 종점은 같다는데…

몽유병자처럼 헤매는 뜨거운 날을 지나는 나의 여름도 막
차를 기다리는 정류장에서 청홍의 깃발이 수거되지 못한 채
남아있다네.

육체의 마을

"광대뼈는 빼고
눈꺼풀과 콧날은 얼마인가요?
투플러스 원으로 이마까지요"
국거리 양지머리 한 근에 스테이크용 두 근
신문지에 둘둘 말면서 퇴근길 간호사에게 물었다

채식주의자는 육식동물이 되었다
사자가 풀을 뜯는 일은 일어나지 않았다
빈 잔을 진열한 상점마다 무엇을 담을 것인지
알 수 없는 일이다

높은 등급의 푸른 도장을 찍기 위하여
겨우내 바둥거린 이파리들처럼
숙주를 벗어난 밑동의 사체를 밟으며
길은 정해져 저울 위에서 팔려 나간다

식탁에 서리는 웃음 너머
잘생긴 단백질을 공급하는 단단함으로
무장한 육체의 마을에는

사자들이 뛰쳐나오는
천칭이 맞추어지는 계절마다
신선한 살점이 뒷문으로 끌려오고
파릇한 새싹이 돋아나는 하늘가로
황소자리에 새로 편입된
커다란 눈망울
홍등의 영혼 없는 밤을 몰래 삼킨다

지나간 올봄에는

나와 너의 공간이 생긴 창틀 사이로
묵 시래기 속내의를 걸쳐놓고
겨우내 곰삭은 장독의 뚜껑을 열어
방금 캐낸 봄 국을 데려올 것입니다

풍량계를 비껴간 양지바른 눈짓으로
푸드덕거리는 흰 사막의 양탄자에
훌쩍 날아간 마법에라도 취해 봅니다

겨울 봄 분간 없는 흔들의자에 앉아
시큼한 무릎을 어루만지던 나무들
지난겨울 삭정이가 날아가기 전
몰아닥칠 너의 봄이 걱정입니다

그 봄
숲속 명이나물 잎가시에 찔린
연초록 길마저 푸르게 멍들고
우두컨한 차림으로 주섬주섬
보이지 않는 발끝을 더듬어

어제 같은 오늘로
우리의 식탁에 마주 앉을 것입니다

낡은 신학도

헌 이야기가 지나가는 낡은 책방에는
아주 오래된 생각이
은초롱 대롱거리며 매달려 있다

초롱 속으로
밑줄 그어지고 별표가 새겨진 속눈썹 보이고
방울 속에는
접히고 얼룩진 피곤이 졸고 있다
"열씨미"와 "하면 된다"의 철자가 흐려진 뒷장에는
정결한 글씨가 깨끗하다

장 절의 숫자와 재질로 다려지지 않는
생각의 무게가
고물상으로 팔려나간다

무게에서 저울을 뺀 생각의 언어는
오래 우려낸 헌책만큼 진한 신념이 더 무겁다는
저울의 기울기

커다란 십자가를 진열한 성구사에는 십자가를 팔지 않는다

성 베드로 수도원의 밤

밤을 감추는 정오를 들고 와서
우쭐해지는 촛불의 그믐
은밀한 방을 부스럭거리는
마지막 대답은 질기게도 타오른다

따뜻한 날의 웃음 쪼개어
쌓아둔 헛간에는
함께 쬐던 날이 가물거리고
불어넣은 배반의 숨결에 들썩이는

아 무서운 눈물의 회오리
진실이 사실을 파묻는 정오에는
문고리를 열고 빠져나오는
마르코가 보았다

바산의 암소에 붙은 아름다운 나방처럼
죽음의 형틀을 향하여 타오르는 밤
촛농에 쫓겨 가는 맨발의 그림자들

오늘 밤에도 가야바의 법정은 불을 밝히고
사순절이 아닌데도
모두는 관중 아닌 증인으로 대기 중이다

산새

다닥다닥 붙은 대학가 빌라촌으로
옆방의 베트남과 위층의 중국이 멀지만
창가로 날아드는 산새의 노래

식탁에 둘러앉아 재잘대는 아이들처럼
비 오는 날 창가에 잠깐 들려
뜻 모를 노래를 부르는

야자수 이파리와 대륙의 모래를 실어와
바람처럼 앉았다 날아간
새똥이나 치우는 나는 멀리서
갸우뚱하는 향기와 소리를 쓸어 담는다

북방의 이슬과 남방의 물방울이
잦아드는 창가는 장마가 오려나
그날 바람 불고 새들은 빗속으로 떠났고

욕실의 거울은 언제나 내일을 들여다보고
나는 오늘에 숨어있다

향연의 주문

삼엽충의 눈이 생겨날 때 그녀의 등껍질이 단단해졌다.
결국 액자의 한 부분이겠지만
뒤샹의 변기는 이쪽으로 벨라스케스의 개들도 데려오세요
알키비아데스 너의 함대는 어디 있는가
불시의 자객이 당도하기 전 어서 오게

오차가 오억 년인 현생누대의 티끌을
공자 아닌 노자의 생활난에 배치하고 무관심한 거울은
아마 재현의 재현으로 에로스의 주제를 비추세요
오렌지색은 반영이 안 되니 보라색 아 그게 좋겠네요
모든 빛은 프리즘으로 속도를 낮추었으면 해요

향연은 당연히 귀신고래의 주머니로 하지요
사람들은 취해서 만티네이아의 여인 디오티마(Diotima)의
춤을 출 테니
질감은 푸른 산 칼륨을 조금만 섞어야 하는 이유가 있지요
모두가 죽어버리면 누가 그림을 사겠는가

포화 지방을 튀기는 배고픔은 풍요의 상징이지

강남의 제비들이 강북보다 재빠른 건 수명이 짧다는
프로포폴이 흔하다는 것과 상통한 것 아닐까
아무튼 마구 섞지 말고 이번 향연은 제대로 된
사랑에 대하여 액자 바깥으로 튀지 않았으면 해요
지난번처럼 아가페니 뭐니 집어넣지 말고
삼엽충의 심장이 뜯겨나가는 허공에 뿌리는
에로스를 칠해줘요

키오스크 환승

스치는 차창에 어리는 인형의 입술에는
무표정의 자크를 채우고
사람의 침묵 속에는 물고기 울음이 숨어있다.
단말기가 된 나는 두 번째 정거장에서
갈아타기로 결정된다.
지하철 상단의 광고는 음침해서 죽으면 살리라를
거꾸로 튼다.

나는 처음으로 물속에서 숨을
참아낸 물고기를 알게 되었다.
그것이 숨쉬기일 뿐이라는 것도
제복을 차려입은 행진의 발소리가
종점을 향한 기도의 마지막 기소권이라는 것도
오직 나만의 티켓이 계단을 빠져나가는
환승역이라는 것도

재작년 잘려 나간 참나무의 그림자가
넘실대며 떠밀려온 수백 개의 거울이
반짝이는 나무와 잘 가꾸어진 꽃들 사이로
얼굴을 내밀고 있다.

그 거울 속으로 오랫동안 살아남은 머리칼 몇 개를 쓸어
넘긴다.

* 키오스크(kiosk): 공공장소의 무인 정보 단말기

오월의 새벽에게

과수원에 늘어선 지주대 옆으로
외계의 별똥이
하얀 풀꽃으로 흩날리고

풀어 놓은
동남풍이 달려가는 봄바람 앞에서
씨앗의 둘레길을 벗지 못하는
작은 모래알 속으로
낙타의 등을 다독인다네

오월의 묻어둔 눈물을 끄집어낸
검은 포도알처럼
공포의 가면을 깎는 붉은 사과의
껍질 속으로
흰 속살을 드러낸 마지막을
조금씩 삼키고 있다네

아직은 새벽 4시에 살을 에는
유월의 산 자와 죽은 자의 껍데기를
보듬고 있다네

씻김굿

어쩌다 깨어나
고동 소리 삭이고
흔들리는
짜디짠 하얀 입자들

다하지 못한 철썩임으로
휘파람이나 부는 갯바위 아래
몸부림 엉킨
해초의 손짓으로

떠나는 창문을
닫을수록
차오르는 숨구멍으로

끈질긴 손을 붙들고
활활 타는 백사장
손바닥 벌려
별을 쬐는

하얀 껍질로 남은 바다에서

자작나무 그림을 태운다
길게 이어진 무명 줄을 찢는다

수취인 없는 하루

하나님께
저는 신림동에 사는 김애슬입니다
고양이가 아파요
언니는 직장에서 쫓겨나 쉬고 있구요
사료가 떨어졌어요
저는 괜찮습니다
아이들의 꼬리가 올라갔으면 좋겠어요

누구라도 면회를 와줬으면 좋겠어요
가족이 없어서 아무도 안 와요
내의는 사서 입어야 해요
혼자 해결해야 해요
분노를 내다 버리려고 합니다
깨끗한 것으로 갈아입었으면 좋겠어요

난감한 분류를 들고 나서는 아침
수취인 없는 편지들이 쌓이는 저녁

원더풀 월드

본차일드에 담긴 비프스테이크
버터와 후추와 겨자로 양념이 된
육체와
클래식 음악을 버무린 포크와 나이프
붙드는
은밀한 입술과 이빨이
버무린
환상의 조합을 느끼는 중절모의 뇌
아래로 깔리는
편안하고 묵직한 창자
희망찬 간과 콩팥

행복한 YOLO 족장의 말발굽 소리로
니체의 아모르파티와 하우어의 염세 볶음밥을 들고
발가락 사이로 실어 나르는 에이아이의
탁자 옆에 놓인 오천 년 숙성 녹차

* YOLO, You Only Live Once의 약어

제4부
De hors

다마스쿠스의 돈오頓悟

- 네가 어찌하여 나를 박해하느냐 가시 채를 뒷발질하기가 고생이니라

딱딱 쪼아대는 뾰족한 부리
등뼈가 조금씩 드러나는
뿌리에 매인 돌참나무
신음이 거꾸로 박힌
가시 하나씩 빼어내고 있다

흔들수록 깊숙이 박히는
육체의 환상들
눈먼 내일을 기어오르는
우듬지가 꾸미는
산발한 율법의 나무들 사이로

구멍 난 허공이 허우적거리며 지나가고
바스락거리며 귀를 세우는
하얀 밤이 돋아난다

시리아 다마스쿠스 빈 하늘
히브리 말뚝을 박는 푸른 심장이 빛나고 있다

별의 아들Bar Kochba

헌 동전 속 기거하는 성전은
다윗의 아들이거나
아론의 살구 지팡이
용기는 빛을 잃고
태초 무릎으로 돌아간다

서울 구름 기대는 필운대 지날 때도
기원전 산해경 속이나 오경에 다시 쓴
앵화杏花가 장막 안 증거 궤에 맺혔다

시냇가에 노란 옷 훌훌 던지고
절등絶等한 작은 별이니 백사의 모래 웃음이나
죽음 속 죽음으로 때 묻은 봄을 벗고
겨울 채비를 해야 한다

사람도 없고 대문도 없는 방안
노인의 숲속
부둥켜안은 주머니에는
차가운 국수와 꽃잎 새겨진 배지가

아직도 자란다

왈칵 쏟아지는 국물이 흐르고
혼자 주워 온 노을을 접시에 담아
별의 아들로 아롱대어 김 서린
1인용 전기밥솥을 열고
언제나 살구꽃 피는
자 이제 성찬의 은하수 뚜껑을 건너자

금강 겨울

– 때가 차고 날도 기울었으니

빗방울 엮어 목에 두른 푸른 여울 각시도 돌아가고
컴컴한 행성 눈망울이나 서성이는 여울목에
은빛 소곤거림 돌아
남겨진 철새의 멈춘 시선이 흩던 발자국

야생마 갈기를 튀기며 달리던
지난여름 설레고
연기처럼 흩어진 새나무가 흉해서
겨울 억새 바장이는 새 품 회오리가 바람을 흔든다

쉰 소리 울음이 도착하는 금강하굿둑 철교 아래
몸을 실으면 데려다줄 밤이 깊어 내리는 종착역
별의 숲에 모르는 들꽃이 흔들리기까지는
아직 즈믄 개의 숨이 남아있다

뜬봉샘에 목마른 동자개와 쇠기러기 어름치가
한밤중에 소스라치는
깊은 골이 흩어지고
떠밀려 흐르다 연착하는 하굿둑이 차면 마침내 열리는
푸른 허공

내일의 원시인

화석의 티끌을 파내면
바다는 제적등본의 몇 줄 싱거운 소금으로 졸여지는 중
이다
본적의 근원이 강물도 시냇물도 아닌 빗물로 드러나고
가족관계증명서는 버려진다
손톱 밑의 화석이 갈라지고 있다

아버지를 복원하는 파도가 빗물을 토해내고 있다
비석의 판화를 지운 뚜렷한 명부가 발견되고
반지하와 7층의 퇴적된 엘리베이터가 멈춘다

찾아낸 몰골
너의 피부와 음성이 허공에 새겨질 때마다
해변의 뼈가 거품을 거닌다
듣지 못하는 소리를 질러대는
밀려온 껍질들을 주워 담는다

동굴의 책상을 들여다보는 침상에는
퇴색 되어갈 원시인이 둘러앉아
붉은 뼈들이 하얀 뼈를 맞추어 본다

잠들기 전

너는 베네치아와 나폴리로 떠나고
내가 찾은 두 번째 골목 가게 안은 어두컴컴하다
그곳은 종소리 어렴풋하고 흔들리는 커튼 너머 시장을
지나는
기차의 숨소리가 들린다
숨은 늑대 굴을 추적하는 나는 매일 밤 그곳을 서성인다

목척교 아래를 흐르는 개울가엔 은행나무가 시커멓게 자
란다
은행동 두물머리에서 튄 물장구에 두 손을 허우적거리기
도 한다
흰 머리칼이 검게 변한 어른들은 그곳에 머리를 감는다

- 아무 이상 없습니다. 노환입니다.
- 아니 객관적으로 우주에서 보아도 이상이 없는 것입니
까?
- 어르신 저희는 지구만 취급합니다.
의사도 병드는 복도에서 소리 지르는 간호사를 만난다
운명을 쟁반에 받쳐 든 환자가 위로한다

재소자와 교도소가 반반씩 나눈 세월처럼

행성을 나서는 밤이다
오염된 강물은 흐르지 않았다
그곳은 평온하게 스며들고 있다
지금은 잠들기 전이다

꽃병과 시계와 책

아침에는 기억이 잘 나지 않습니다
바나나우유나 삼키며
정오의 공원 벤치 아래
울음을 그친 참새가 잠깐 졸고 있습니다
0.1평 책상 위로 최찔레는 지금 목을 축일 겁니다
아 잠깐 전화가 왔네요
인터넷 가입하라네요
계약 기간 만료 전이라고 여러 번 대꾸했습니다
아 그거는 어버이날 받은 카네이션 옆으로 꺾어 들어 사
는 찔레입니다

복지사 실습 때 받은 시계는
호마이카 무늬껍데기에 시간이 희미하게 뜹니다
날마다 12시 10분쯤일 겁니다
퇴근 시간도 없는 그래도 오후 6시 30분에는 만날 겁니
다
초롱이는 6시 10분에 밥을 먹으니 20분은 지각입니다
에이 예 예를 읊조리며 몇 개 남지 않은 눈썹을 데리고
돌아갈 시간입니다

늘 미안한 마음입니다

쌓아놓은 짐 꾸러미 같은 책은 표지만 사랑한 지가 한 달입니다
알도와 떠도는 사원, 천 개의 고원, 주체의 해석학 같은 이들은
고물상이 좋아하는 무게입니다
걸쳐놓은 인생이라는 어제가 덜그럭거리며 앉아 있습니다
늘어지는 변주곡을 연주하는
현관문의 벨은 힘이 달리나 봅니다
시계와 책과 화분은 그대로입니다
지금까지 세 가지 사물은 한 번도 만난 적이 없습니다
매일 하늘에게 그래도
그곳은 아직 잘 계시죠?

시편 제1편의 계단

시냇가에 심은 나무
야무진 꿈처럼
아카시아 심는 날
꿀 향기도 좋은
물 좋은 사월 이파리를 따서 층층을 오른다

오월 청보리를 위하여 자근대는
겨울 발바닥
나의 서릿발은 애처롭다
밟힌 만큼 푸르른
사철 푸른 의인은
바람에 나는 겨

망령 물든 신화를 새겨 넣는다
젊은 노파의 마술이 시작되려나 보다
죽은 음성이 고서 앞에서 부활하고 있다
자연은 시체를 그대로 보관 중이다
계단은 이제 막 열리고

기차를 타지 않은 정거장은
그래도 15분씩이나 정차한다
네 번째 층계에서 가위바위보가 이파리를
마지막으로 떼고 있다
아카시아에는 이파리가 하나도 없다
증명되지 않은 수식이 떨어져 나간다

가루 서 말

- 천국은 여인의 가루 서 말과 같으니

석양의 무법자처럼
등성이를 타고 내려와
마지막 천장을 갉아 먹고 있다
눈먼 소나무가 노을을 훔친다

잠시 깨어 더듬거리는
빈자리가
산마루에 걸터앉아
머금는 짜디짠 저녁별

가을은 가을이
흔드는 줄도 모르고
연초록 노을을
봄처럼 기웃거린다
지는 줄도 모르고

모든 소나무가
하나의 솔멩이었을
켜켜이 박힌 한 방울이었을

숲속의

높다란 토굴의 창문마다
불빛을 내건다
새벽이 조금씩 쌓이는
깊은 숲속으로 걸어 들어간
머나먼 아파트의 창

아주 느린 걸음으로 조금씩
외딴곳으로 사라져 버린
여인의 가루

백 살이나 가을이 산다 해도
낙엽이 구르는 길
다가올 천사들이 내려오는 들판으로
탱탱하게 고운 가루 서 말
내일을 달음질하는 어제를 끌고 온
오늘이 불타는 가루야

날은 저물고

나팔수가 울어
비늘을 벗는 나무는 물고기였는지 모른다
보리떡 다섯 개와 마른 생선 두 마리

날은 저물고 한적한 빈들에
다시 세우지 못하는 집이 나란히 들어서 있는
그 골목의 노쇠한 안방으로 빗물이 새고 있다

육체에 매달린 영혼이 처마에서 떨어진다
아침저녁 물 잔의 바깥을 닦는
영혼에 매달린 육신의 광주리는 고프다
요한이 데려온 아이의
허기진 한 끼
마태와 누가는 마가만 쳐다본다

유월절 무렵 갈릴리 건너편 참 떡을 축사하신다
광야의 참 떡
모세와 엘리야의 떡
내어놓은 한 끼만으로도 오천 명을 먹이고

일곱이나 열두 바구니가 넉넉한
빈집이 채워진다

날은 저물고 한적한 빈들에
누군가 다시 축사할
빈집의 안방이 채우다 비우다 하는
푸르게 보리가 사라고 물고기가 펄떡인다
마른풀 위로 개밥바라기별이 뜨고 있다

텃밭

― 천국은 마치 사람이 자기 밭에 갖다 심은 겨자씨 한 알 같으니

뒷산 솔잎 울던 바람
높은 곳에 올라
풍경 속
헤집고 달아나는
음력 4월 3일

가신 뒤에도
깽깽이며 얼레지며 홀아비꽃대
좁은 텃밭이 아우성이다

담쟁이가
쓰러지는 돌담을 부축하고 있다
나무가 노을에 안기는
저녁마다
방황하는 들판 속으로
은밀한 텃밭이 살아나고

오늘은 새벽까지
초승달을 걸어 두어야겠다
누군가 텃밭을 두드리고 있다

마리아

걸을수록 길은 바래고
어리석은 여인의 포대는 비어간다
저녁을 위한 도마 위에 가지런한
수평선은 하얗고 푸르다
꼿꼿한 목청을 잃은 아버지처럼

구부러진 골목 사이로
홀로선 전봇대의 고집이 부러지고 있다
수평의 빠른 길에는 직선의 가로등이 켜지고
검은 전깃줄 속의 뜨거움은
스위치의 손가락에 더 빠르게 식는다
꺼지기 위하여 켜지는 도시의 전깃불

높은 산이 낮아지고
골짜기가 메워지는
선분이 물처럼 흐르는 몸뚱이
수직을 흩뿌릴 땅이 없다
모두가 누워 있는
걸어서는 갈 수 없는 하늘

걸음마를 배우는
수태한 아이는 높은 산을 향하고
잃은 양과 은전의 찾은 기쁨은
처음부터 켜지지 않은 등불이었다

복 있는 마리아여
홀로 누운 수평선은
밤바다나 거닐며
백사장을 다독인다

싸리나무 아래broom tree*

살아 천년 쓰러져 천년
붉게 칠한 호양 나무숲에서
양털 모자에 손가방 옆에 낀
속눈썹 사이로 별빛을 담은
코카서스인의 파란 꿈이든
히브리인의 노란 꿈이든

일어나 먹으라 하네
천산을 물어 서역 가는 길
출렁이는 사막은 큰 싸리나무 아래
엘리야의 날카로운 살과
모세의 불타는 장작이 되리

이제는 주머니 씨앗도 빛을 보고
농부는 도리깨를 다듬었으니
목자는 벌써 떠났고
별빛이나 쫓아가는 사막은
순례에 찌든 싸리꽃 아래 누워
바람으로 정박하는 배는

모래 줄기로 이어 짠 바구니
그리움은 새의 날갯죽지 뼈로 만든
하얀 이가 드러나는 가면을 쓰고
딱딱한 태양에 사막을 노 젓는 팔은 흐느적거린다

* broom tree: 싸리나무, 금작화, 로뎀나무.

땅에 쓴 글씨

풍랑이 주름지는 가슴 위로 어부는 그물을 거두고
하늘은 맑음을 거둔다
비 오는 날을 접는 주머니 속에 구겨진 하루가 팽개쳐진
바닥
허리를 굽혀 땅을 뒤적인다

침묵을 마중 나온 골목
가등은 소리 없는 물음으로 희미한 길을 트고
지켜보는 나무들이 기다랗게 생겨나
돌을 든 벽 앞에서 지워지는 땅
지우고 다시 쓰는 예루살렘

땅바닥 신전의 얼굴
오래된 문신처럼 달려온 생 고무줄 같은 검푸른 욕망
남자는 남자를 여자는 여자를 모방하고 소멸하는
별들이 움직이는 땅
그 땅의 돌을 들어 별이 되고 달이 되는 산 위의 궁창

존재 없는 침묵이 움직이는 존재자

손가락의 문서와 소리가 서리는 경전의 땅
땅을 들어 돌을 치는 처음 땅이 지워지고 있다
허망하기야 묵은 길
떠나는
시절조차

하늘길 바라는 대로 금 긋는 대로 푸르게 멍든
남은 것이 하늘뿐인
내려앉아 흩뿌리는 꼬리덮깃
허공에 휘갈겨 쓴 말씀

저녁이 되고 아침이 되니

대지는 암흑의 깃발
바람은 궁창 아래 하얀 숨 펄럭여
사방에 흩어지고 모이는
빛의 조각들이 태어나고
저녁이 되고 아침이 되니

저 멀리 밤을 묻으면
공터에는 새 얼굴이 새어 나와
풀과 나무는 대지를 따른다
옥상 뽀송한 내의처럼
휘날리는
신의 빨랫줄에 널린
해풍에 눈뜨는 꾸들꾸들한 눈알로
갈비뼈를 손잡아 땀 흘리고 노래하고
병든 죽음으로 대지를 품는다

골육이 숨 쉬는 태초에는
봄가을 술렁이는 풍경소리
아담과 이브를 짊어지고

숲속을 채우는 욕망의 영혼
무광택의 목소리 울려 퍼지는
걸음은 한길
발 닿는 곳부터 시작한
저녁이 되고 아침이 되니

심장을 팽개친 바람의 씨앗들이
바람 불어 바람을 쐰다
기운찬 고난이 불어오는
또 다른 초막에도 꽃이 피고
간사가 없는 마당에는
폭풍에 젖은
에덴의 알몸으로
내일을 닦는 유리창
아침이 되고 저녁이 되니

무서운 사랑

한 마리는 성전으로
또 한 마리는 사막으로
욤키프로의 칠월

이리와 승냥이에게 던져진 선물
알면서 가는 길

혹시 이런 얘기 아나?
대학병원 뒤뜰
지목받기 위해
분칠하고 쭈그린
모자란 피를 초코파이와
우유로 때우는 그래서
또 뽑고 배를 채우고

고발하는 참소자에게
불려 가지 않고 찾아간
아사셀을 물리친
붉은 뿔을 하얗게 만든

끝내는 절벽에 떨어져 죽는

십자가에 서리는
그 무서운 말
사막 염소 비명 같은 울음

해설

존재의 심연을 응시하는
반자도지동(反者道之動)의 시학

김홍진

1. 심연을 응시하는 시선

　인간은 유한하고 불완전한 존재이다. 삶은 근본적으로 죽음 위에 세워진 것이고, 살아 있는 육체와 인간의 내면은 항상 결핍과 욕망으로 들끓는 부조리하고 불완전하며 불안한 존재이다. 이는 탈근대 이후 이성적 주체로서의 인간에 대한 믿음, 혹은 주체의 확실성에 대한 확고한 근대적 신념 체계를 일거에 파기 전복하는 사유와 통찰을 통해서도 확인된다. 세계 내 존재의 이면에 뿌리내린 이러한 부정성은 사실 마주하고 싶지 않은 진실이다. 그러나 삶의 정상성과 확실성, 이성적 주체성과 합리성이 전면화된 곳에서는 인간의 실존적 운명에 대한 통찰은 마비될 수밖에 없다. 불완전한 존재로서의 부정성이 없으면 삶의 시간은 그저 무의미하게 흘러가 버리는 무상(無常)한 것에 지나지 않을 것이다.

우리는 삶과 존재의 내부에 들어차 있는 부정성으로서의 무덤을 파헤치는 과정에서 존재의 본질적 심연에 한 발 더 가까이 다가설 수 있다. 그 불완전성과 불확실성이라는 부정성을 사유함으로써 우리는 삶과 존재의 본질을 참된 형식으로 직관할 수 있는 것이다. 따라서 이 부정성은 오히려 삶에 대한 사유의 깊이를 더해주도록 한다. 문학은 이러한 인간존재의 불완전성과 부조리를 가장 잘 담아내는 양식이다. 박일우의 시집 『싸리나무 아래에서』는 불완전하고 부조리한 존재로서 세계 내 인간 실존의 고통이나 내면의 불안, 상징의 붕괴를 통찰적 사유를 통해 보여준다. 그러면서 동시에 언어와 감각, 상징과 실재, 현상과 본질, 존재와 비존재, 의식과 무의식의 경계를 무한히 배회하는 과정에서 존재의 실존적 운명이나 본질을 반자도지동(反者道之動)의 역설이나 아이러니를 통해 탐문한다.

결론부터 말하자면 박일우 시집 『싸리나무 아래에서』는 우리에게 이렇게 묻는다. 우리는 어디에 서 있는가? 내면 속인가 외부의 응시 아래인가, 흔들리는 거울 앞인가, 아니면 모든 중심과 주변이 무너진 경계의 바깥에 서 있는가? 그리하여 『싸리나무 아래에서』는 세계 내 인간의 실존적 본질을 향한 내면으로의 침잠, 심연 속으로 가장 멀고도 조용한 순례, 그리고 부정성과 침묵이 우리 존재를 가장 깊이 응시하는 방식이 어떠한 것인지를 끈질기게 묻는 시적 고백이다. 그 질문은 존재의 본질에 도달하려는 사유의 길을 끊임없이 탐색하는 과정에서 생성된 것이다. 따라서 이 시집은 인간존재의 실재성을 사유하는 텍스트로 우리의 내면적이며 실존적 본질을 되돌아보게 만드는 하나의 철학적 거울로 기능한다.

2. 기계적 시간에서 존재의 리듬으로

박일우는 『싸리나무 아래에서』를 전체 4부로 구성하면서 각 부에 제목을 붙이고는 그것에 대해 친절하게 의도를 설명한다. 제1부 테마는 '안으로(introspectio)'이다. 여기서 박일우는 '너 자신을 알라'는 델포이 신전의 경구처럼 내면을 향한 심층적 침잠과 성찰의 여정을 관조적으로 형상화한다. 그리고 제2부는 그 '안'에서의 '응시(Gaze)'를 통해 "객체화된 주체를 조명"하는 작업을 펼친다. 그것은 시인의 말대로 "때론 불안으로, 내면화된 상징의 침투로 자리 잡은 무의식"의 세계를 응시하는 행위다. 내면을 향한 심층적 침잠과 성찰의 여정은 서정적 정서의 표출을 넘어 존재론적 탐색의 세계를 보여준다. 가령 「풀꽃 시계」에서 '팔뚝의 동맥과 정맥'을 '풀꽃 줄기 두 줄', 즉 육체를 중심으로 자연과 존재의 상호 연관성을 탐색하는 데서 그 단초를 발견할 수 있다. 이 시에서 시인은 팔뚝에 새겨진 동맥과 정맥을 '풀꽃 줄기'로 동일화한다. 시인은 이러한 메타포를 변주하면서 생명의 맥박을 식물의 줄기와 동일시한다. 그리하여 인간과 식물이 하나의 생명체 존재로 동일화된 내면은 외부의 생태적 리듬과 공명한다. 그것은 "자운영꽃이 피어나는/편도뿐인 철길"에서처럼 꽃의 이미지가 주는 개방성과 편도의 이미지가 불러일으키는 폐쇄성, '시계'라는 인공적 기계와 '풀꽃'이라는 자연 사이의 긴장 구조를 형성하면서 육체를 통한 존재 탐색을 수행하는 데서 확인할 수 있다.

시인은 팔뚝에 새겨진 두 줄의 동맥과 정맥을 풀꽃으로 동일시하면서 펄떡이는 생명을 자각한다. 여기서 두 줄의 줄기는 식물적 이미지가 아니라, 자신의 팔뚝에 새겨진 생명, 즉 내면의 리듬이다. 이는 '강철시계의 외줄'로서 기계적 시간의 시계 바늘이 아니라 자신의 동맥과 정맥이 뛰는 소리, 즉 살아 있음의 본질을 인식하는 것으로서의 자기 성찰을 보여주는 것이다. 이 단계에서 '반자'(反者)는 외부를 보지 않고 자기 몸의 진동과 리듬을 관조한다. 자신을 들여다보는 도(道)의 시작인 것이다. 자기 몸의 진동과 리듬을 관조하는 '강철시계'의 아슬아슬한 균형, 그것은 인식의 경계를 의미한다. 왼편과 오른편은 이성/감성, 의식/무의식, 생/사 등의 이원성을 의미하며, 혼돈 속에서 혹은 갈림의 경계에서 눈에 보이지 않는 것을 '더듬어야'한다는 말은 합리적 사고로는 도달할 수 없는 세계, 즉 직관적이고 존재론적인 진실에 향해 다가가야 한다는 점을 환기한다. 이 또한 '반자도지동', 이성적으로 혹은 물리적으로 감지되지 않는 것 속에서 길을 찾으려는 정신의 반영인 것처럼 보인다.

폐절하고, 결국 주체는 시계(기계적 시간)가 아니라 자신의 맥박, 자신의 내면적 리듬을 본질로 한다는 것을 시인은 말하고 싶은 것이다. 그것은 또 더 이상 외부의 물리적이거나 객관적 시간의 눈금에 얽매이지 않겠다는 선언으로도 읽힌다. 진짜 '시계'는 자연과 내면이 함께 만드는 리듬이라는 것이다. 이를테면 도(道)를 따라 내면으로 향하는 역방향의 여정을 시인은 추구한다. 반자도지동의 관점에서 외부 세계(기계, 철길, 강철시계)의 리듬을 거부하고, 오히려 자신의 팔뚝, 맥박, 호흡, 줄기 속에 진정한 '도'를 찾는 역진적 성찰의 시도인 것이다. 외줄을 걷는 듯한 불안정함 속에서도 '질긴 줄기' 같은 내면의 생명성을 붙들고자 하는 것은 자신을 알아가는 성찰이지만 그것은 눈에 보이는 자아가 아니라 더듬어야 하는 구체적 성찰을 통해서만 본질을 알 수 있다는 것이다.

이러한 박일우의 인식은 두 줄의 맥박과 질긴 토끼풀 줄기를 결합하여 고통 속에서도 지속되는 생의 의지를 은유화한 데에서 단적으로 드러난다. 이 같은 형상화 작업은 내면의 해부이자 재구성의 시적 전략이며, 생명과 존재의 본질을 사유하는 치밀한 의도로 작동한다. 시인은 인공적인 외부의 시계(chronos, 기계적 시간)와 대비적으로 내면의 생명 시간(kairos, 존재의 리듬)을 상징적으로 드러내는데, 이것은 "자신을 알라"는 성찰적 명제와도 맞닿아 있다. 시인이 내세운 반자도지동(反者道之動), 즉 반대 방향으로 움직이는 것이 도(道)의 작용이라는 노자의 철학을 바탕으로 해석하면 거꾸로, 또는 비주류의 방식으로 진실에 도달하려는 내면 탐구의 여정으로 읽을 수 있을 것이다.

시집 제1부는 단순한 서정의 표출을 넘어 다분히 철학적인 사유를 바탕으로 존재의 심연을 탐색하는 시적 수행의 결과이다. 박일우는 내면의 심층을 하나의 투명한 망막을 통해 펼쳐 보이며, 그 위에 자연, 기계, 시간, 기억, 타자, 신성, 공동체 등의 이미지들을 중첩 교차 시킨다. 이 부분에서 박일우의 시편들은 외부 세계를 관찰하는 것이라기보다는 그 세계가 내면에 남긴 흔적을 재구성하려는 작업으로 읽힌다. 그런 측면에서 존재에 대한 형이상학적 탐색으로 이해할 수 있을 것이다. 시인은 존재론적 질문, 나는 누구인가, 나의 중심은 어디에 있는

가를 묻는다. 시인은 내면의 울림에 집중하는 태도를 실존적 고백의 형식으로 전개하면서 시적 사유의 여정을 펼치는 것이다.

예컨대 존재가 외부로부터 주어진 것이 아니라 내면에서 출렁이는 생명성과 연결되어 있다는 사실을 자각하거나, 그 생명성은 외줄타기처럼 위태롭고, 오직 자기자신만이 감각할 수 있는 고유한 진동이라는 점에서 '자기 이해의 도구'가 되는 듯 보인다. 이를테면 몸과 내면의 리듬을 통해 존재의 실체를 더듬는 시적 사유는 다음과 같은 경우에서도 마찬가지이다. 즉 기계화된 외부 질서에서 벗어나기 위한 내면의 각성이야말로 진정한 자기 인식의 시작임을 환기(「기계의 눈물」)하거나, 무의식의 층위로 떨어져 있는 자아를 묘사하면서 꿈을 자각하는 과정을 통해 자기 존재를 되짚는(「자각몽(自覺夢)」)다거나, 언어와 음악과 신체의 해체적 상호작용 혹은 '그림자, 사각의 액자, 집 나간 눈동자, 사라진 시체'(「그림자의 봄날」) 등 자아의 파편화된 조각들에서 실존의 다층적 '얼굴'을 만나는 것도 같은 의미이다.

3. 응시가 만드는 존재의 균열

그리고 박일우는 내면 탐색이 지향했던 주체 중심을

이탈 확장하여 바라봄과 보여 짐 사이의 긴장 지점을 응시한다. 이 응시는 단순히 주체의 시선이 객체를 읽는 과정이 아니라 객체가 주체에게 미치는 응시의 역작용, 내면화된 상징의 침투, 그리고 불안과 분열을 동반한 감각의 탈구(脫構)를 드러낸다. 이 지점에서 시인은 자기를 해부함으로써 근원적인 질문을 던진다. 곧 너는 누구인가, 너의 중심은 어디에 있는가, 이러한 '반자도지동'의 자기 인식은 시집의 2부 '응시(Gaze)'에서 확장적으로 심화한다. 즉 내면 탐색이 지향했던 주체의 중심을 이탈하여 바라봄과 보여짐 사이의 긴장 지점을 응시한다. 그런데 이 응시는 단순히 주체의 시선이 객체를 읽는 과정이 아니다.

예컨대 상징의 기계성, 그리고 투명한 거리로 분리된 자아와 대상 사이의 단절을 사유한(「솟대의 꿈」)과 같은 작품에 잘 반영되어 있다. 여기서 '솟대'는 민속적 전통의 상징물이면서 동시에 응시의 매개로 등장한다. 그런데 화자는 '유리 벽에 서 있다'는 선언을 통해 주체와 대상 사이의 투명한 거리와 단절을 드러낸다. 유리는 투명하지만 동시에 단절의 벽이다. 즉 응시를 가능하게 하면서도 그것을 봉쇄하는 양면적 기능을 동시에 가지고 있다. 그리하여 이중의 의미가 겹쳐지면서 주체와 객체 사이의 갈등, 응시의 습격, 관계의 불가능성을 드러낸다. 좀 더 구체적으로 말하자면 '솟대 위를 날아갔다', '팔다리 없는 장승이 퇴색해 간다'는 진술들은 상징의 탈신화화, 대상의 탈육화(상징이 생명으로부터 분리되는) 가능성을 암시한다. 상징이 본래 가질 수 있는 응시성, 즉 주체를 꿰뚫는 힘은 약화되고, 상실되고, 부유한다. 그럼에도 '숨은 미소는 초승달처럼 야위어 빗물과 모래알로 채워갈 것'이라는 진술을 통해 그 응시의 잔여, 상처로 남은 상징의 잔류성을 드러낸다. 주체는 유리 벽 너머의 상징을 응시하면서 동시에 보여지는 피사체가 되며, 시인은 그 관계 속에서 존재론적 상처와 간극을 마주하는 것이다.

시인은 '본다'와 '보여진다' 사이의 힘의 역학을 정밀하게 감각화하고자 의도한 듯하다. 주체의 응시가 객체를 파악하고 고정하는 순간 객체는 역으로 주체를 응시하며 균열을 야기하는 방식의 구조인 것이다. 그런데 이 응시의 양태는 단순한 시적 화법이 아니다. 그것은 시적 공간 전체에 배치된 상징과 언어의 지형을 뒤틀고 다시 짜는 미학적 장치로 기능한다. 각각의 개별 작품은 응시의 다른 측면, 즉 상징성의 침투, 응시의 중력, 응시의 분열, 경계 해체 속의 불안 등을 다층적으로 내포한다. 응시는 단순한 주체의 시선이 아니라 상징, 언어, 공간, 꿈, 무의식 등 대상들 사이의 복합적인 사고 체계 속에 있는 것이다. 1부가 존재론적 내면으로 침잠하는 여정이라면, 2부는 그 내면이 외부와 마주할 때 벌어지는 긴장과 균열, 그리고 응시의 드라마를 형상화한다.

이러한 맥락에서 세계 내 존재로서의 인간 삶은 응시에 대한 역반응, 중력 같은 응시의 무게 아래 흔들리는 몸짓인 것이다. 응시는 단순히 시선의 작용이 아니라 언어의 구조 속에 내재한 시선 배치이며, 주체와 객체가 위치하는 자리가 구성되는 방식(「산다는 건」)이다. 이는 응시가 매우 작고 내밀한 공간에서 이루어질 수 있음과 다중의 얼굴로 부유하며 대상은 고정되어 있지 않는다는 인식을 드러내거나(「찻잔 속」), 응시와 해방 사이의 긴장을 감각적으로 탐사(「완전한 방목」)하는 경우로 연속한다. 결국 주체의 응시가 객체를 파악하고 고정하는 순간 객체는 역으로 주체를 응시하며 균열을 야기하는 구조에 대한 시적 통찰인 것이다. 이 응시의 양태는 시적 공간 전체에 배치된 상징과 언어의 지형을 뒤틀고 다시 짜는 미학적 장치로 기능한다.

4. 거울 속 부유하는 천 개의 얼굴

그리고 3부의 테제는 '카오스(Chaos)'이다. 말하자면 혼돈으로서의 의미의 해체인 동시에 새로운 의미의 생성 가능성을 전제로 한다. 카오스는 무질서의 심연이 아니라 질서 이전의 총체이자 겹침의 장이다. 이 공간에서

‘거울’은 결정되지 않은 정체성, 분열된 자아, 중첩된 시선들을 반영한다. 시뮬라크르가 보여주는 실체의 진실은 진실 없음의 진실이다. 박일우는 그 혼돈과 무질서의 어둠 속에서 흔들림의 거울을 통해 장 보드리야르가 말하는 시뮬라크르(simulacre)가 보여주는 실재에 대한 각성을 수행한다. 그것은 기나긴 카오스이면서 실재의 해체이고, 또 혼란을 극복한 경계에 자신을 위치 지우는 일처럼 보인다.

박일우는 여기에서 “흔들리는 거울”을 드러내려 했다고 술회한다. 시인의 말에 따르면 “시뮬라크르(simulacre)가 보여주는 실체의 진실에 대한 각성”이며, “그것은 기나긴 카오스이면서 해체이며 자아성체성의 혼란을 극복한 경계에 자신을 위치 지우는 일”이며. 그러면서 “거울은 흔들릴 때 비로소 진실을 드러내는 것”이고, “고정된 이미지는 하나의 그림자일 뿐”이라 선언한다. 이 같은 맥락을 참조해 본다면, 거울은 결코 실재를 반사하지 않는다는 것이다. 오히려 실재는 거울의 흔들림 속에서, 즉 불확정성이나 모호함 속에서 탄생한다는 것이다. 이러한 설명에서 의미는 고정되어 있지 않고 항상 다른 층위로 중첩되고 떠도는 것이라는 자크 데리다 식의 해체론적 견해를 연상하게 한다. 이 겹침이나 부유는 단순히 모호함이 아니라 실재는 불투명하다는 시적 선언처럼 들린다.

부연하자면 「붉은 달이 뜨는 밤」과 같이 겹쳐지는 감각과 파열의 응시를 사유하는 경우가 그 일례이다. 이 시는 카오스적 이미지들의 충돌과 불일치 속에 일관된 불협화음의 리듬이 형성하는 양태를 시화한다. 붉은 달, 충혈된 동공, 라크샤사의 요리, 다층 소외 등 분리된 차원과 파편적 감각을 병렬적으로 배치함으로써 하나의 중심이 아닌 흔들리고 중첩하고 부유하는 중첩들을 경험케 한다. 이를테면 "태풍에 드러난 잔뿌리들", "빛의 천사들의 킷 리스트"와 같이 자연과 신화, 일상과 상징의 이질적 층위를 혼합하는데, 이때 '거울'은 고정된 반영이 아닌 파편화된 이미지의 스크린이 된다. 여기서 시적 주체는 하나의 관찰자나 화자라기보다 불확정적 응시자로 존재한다. 그리고 모든 장면은 단선적이며 연속적인 서사가 아니라 "달리다 멈추다"와 같이 카오스의 파동 속에 떠돈다는 비유에 잘 드러나 있다. 이러한 점은 또 "충혈된 동공"과 "이불 속의 웅크린 바다"가 암시하듯 외부 세계와 내면의 감각이 서로를 비추며 주체의 내부를 외부의 사건처럼 외화하는 것에서도 암시받을 수 있다. 이것은 시뮬라크르가 되며 실재의 흔적은 전면에서 휘발된다는 점을 시사하는 듯하다. 하지만 그 자리에 "푸르게 솟아나는 풀"은 모든 파괴 이후에도 남는 생명성, 즉 카오스가 품은 생성 원리로 작동함을 보여준다.

박일우는 "시뮬라크르(simulacre)가 보여주는 실체의 진실에 대한 각성"을 보여준다. "그것은 기나긴 카오스이면서 해체이고 자아정체성의 혼란을 극복한 경계에 자신을 위치 지우는 일"로서의 시적 작업인 것이다. 그것은 자아의 다중 분열과 거울의 다면 반사(「천 개의 거울」)를 시적 장치로 활용하는, 즉 거울은 자아를 고정하는 수단이 아니라 흔들리며 자아를 분해하고 재조립하는 해체를 보여주는 작품에 잘 반영되어 있다. 말하자면 'ㅎㅎㅎ, 히히히, 흐흐흐'라는 웃음의 음성적 변형, "없음 있음 없음", "너는 있음 없음 있음의 함수"(「오래된 신세계」)와 같은 언어유희를 통해 언어가 기표로서 얼마나 불완전한지, 그리고 그 불완전성 자체가 현실을 구성하는지를 탐색하는 작업에서도 확인할 수 있다. 이들 시에서 자아는 고정되어 있지 않다. "없음 있음 없음", "너는 있음 없음 있음의 함수"(「오래된 신세계」)는 존재가 확정된 실체가 아니라 변수적 위치임을 제시하듯, 자아는 프로그래밍된 기계인가, 아니면 그것을 해킹하는 주체인가? 이 같은 명제로 인하여 박일우 시는 경계를 끊임없이 허물고 재구축하는 과정에서 탄생하는 것으로 보인다.

박일우의 이러한 창작 방법 혹은 시적 고민은 혼종적 사유를 드러내는 「친구에게」에서도 마찬가지로 작동한다. 이를테면 사유의 흐름 그 자체가 시가 된 경우를 보여주는데, 여기에는 니체, 레비스트로스, 라캉, 알튀세르, 들뢰즈, 가타리 등 '언설의 바깥'을 구성한 철학자들을 호명해 하나의 카오스적 인용의 혼종체를 구성해 내고 있다. 여기서 카오스는 이론과 역사, 현실과 환상, 민속과 정치가 단절 없이 연결되며 겹쳐지는 운동으로 기능한다. "몽유병자처럼 헤매는 나의 여름"이라는 마지막 언술이 환기하는 것처럼 이 모든 카오스의 흐름이 결국은 자아라는 중첩된 거울 앞에선 한 존재의 고백임을 보여주는 것이다. 그리하여 시는 정리되지 않는다. 그럼으로써 차라리 '다르게 읽히는 독서들'의 가능성으로 남을 뿐이다.

5. 밖이 된 안, 안이 된 밖

시집의 4부 '바깥에서(De hors)'는 내부가 창조한 바깥은 타자의 얼굴을 버리고 새롭게 세상을 들여다본다는 응시의 방식을 보여준다. 시인은 여기에서 "형상도 이름도 존재하지 않는 불립문자(不立文字)를 지향"한다고 밝힌다. 시인이 말하는 것처럼 "바깥은 안으로 나와 응시 속에서 카오스를 유발하고 무한히 사라"지는 체계로 순환하는 구조인 것이다. 그럼으로써 존재론적 전복, 곧 '밖'이 창조되는 '안', 혹은 내부가 창조한 바깥은 단지 공간의 물리적 전도나 반전을 말하는 것을 떠나 존재와 인식의 프레임을 뒤흔드는 실존적·신학적 전복의 사유를 펼친다. 환언하면 내부(자아, 전통, 교리, 언어, 기억)의 심연이 새롭게 창출하는 '바깥'은 곧 기존의 타자와 세계를 해체하고 얼굴 없는 존재론으로 도약하는 지점인 것이다. 그것은 '불립문자(不立文字)'가 지향한 지점으로서 언어의 초월, 로고센트리즘의 해체, 그리고 직관적 계시 혹은 돈오(頓悟)의 영역을 암시하는 듯하다.

박일우가 펼치는 이러한 문제의식은 단지 존재론적 질문과 탐색에 국한하는 것이 아니다. 그것은 현대 문명의 종교적이며 철학적 한계에 대한 급진적 비판으로 읽히는 시기 존재하기 때문이다. 들숨보다 날숨이 짧은 날, 즉 존재가 위축되고 고갈된 시간 속에서 허덕이며 "더 완전한 밤"을 향한 시인의 외출은 자본과 논리, 신념조차 해체된 '무'의 공간으로의 순례를 은유한다. 그 밤은 존재하지 않지만, 박일우는 바로 그 부재와 '무'의 지평을 향해 움직인다. 요컨대 박일우의 『싸리나무 아래에서』에 수록된 작품들은 단순한 정서 표현이나 서정적 풍경 묘사에 머물지 않는다. 그보다는 인간과 세계, 기억과 고통, 생과 죽음, 정신과 육체, 성과 속, 의식과 무의식 사이의 경계에 대해 철학적이며 존재론적 질문을 던지는 형식에 가깝다. 표제의 '싸리나무 아래'는 어쩌면 기독교를 포함한 범 종교적 의미를 함축하는 것으로 보이기 때문이다.

박일우는 카오스의 심연을 건너 이제 '밖'이 창조되는 내부로 돌아가 시적 사유를 마무리한다. 4부 '바깥에서(De hors)'의 프롤로그는 이 시집 전체의 세계 인식을 함축하는 전언이다. '내부가 창조한 바깥'이라는 표현은 단지 공간의 물리적 전도나 반전을 말하는 것이 아니다. 이는 존재와 인식의 프레임을 뒤흔드는 실존적·신학적 전복이라는 의미를 지니는 것이다. 시인은 '불립문자(不立文字)'의 경지를 지향점으로 제시하는데, 이는 앞서도 말했거니와 언어의 초월, 로고스의 해체, 그리고 직관적 계시 혹은 돈오(頓悟)의 영역을 포괄적으로 암시하는 언설이다. 이러한 문제의식은 단지 문학적 형식의 실험이 아니라 종교적·철학적 한계를 초극하고자 하는 태도로 보인다. 신념조차 해체된 '무'의 공간으로 떠나는 고독한 순례의 길을 상징하는 것은 아닐까? 그 밤은 존재하지 않지만, 시인은 바로 그 부재의 지평을 향해 움직인다.

박일우의 시는 성직자로서 종교적 고민이나 회의, 또는 성서적 모티브를 적극적으로 재해석하는 시적 작업을 보여주는 과정에서 생산된 것이기도 하다. 일례로 부활 신학의 시적 재구성을 보여주는 바울의 회심 이야기(사도행전 9장)를 핵심 모티프(「다마스쿠스의 돈오」)로 삼는 경우가 그것이다. 여기서 "네가 어찌하여 나를 박해하느냐"라는 질문은 신의 호출이자 인간존재에 대한 급진적 전복이라는 질문을 던진다. 뼈를 드러낸 돌참나무와 등뼈, 뽑히는 가시는 단순한 고통의 은유가 아니다. 이 이미지는 육체의 환상, 신앙의 표피, 윤리의 공포를 벗겨내는 탈구적 체험을 상징하는 것으로 보아야 할 것이다. 특히 "히브리 말뚝을 박는 푸른 심장"이라는 진술은 다마스쿠스의 광야 하늘 아래 새로운 존재론적 언어, 즉 푸른 심장이 세워지는 장면은 의미 심장하다. 여기서 말뚝은 단지 고정이 아니라 신성(神性)과 죽음의 경계를 뚫고 들어오는, 말하자면 박일우가 지향하는 종교적 신념 체계로서 예수나 바울, 혹은 부활이 돈오의 세계라는 통 종교적 의미로 확장하는 것이다.

이러한 신학적 사유의 시적 형상화는 유대 혁명에서 도시인의 시적 메시아론에까지 관통하는 「별의 아들(Bar Kochba)」에서도 유사하게 드러난다. '바르 코크바'는 역사적으로는 실패한 유대 반란군 지도자이지만 시편에서는 메시아의 그림자이다. 박일우는 이를 자본과 소외의 도시적 삶을 지탱하는 '작은 별'로 치환한다. 서울 필운대를 지나는 장면이나 "1인용 전기밥솥" 등의 비유는 고대 유대 저항사와 현대 서울의 고독한 일상을 병치시키면서 종교적 메시지를 현대적 의미로 확대한다. 그런데 이것은 "죽음 속 죽음으로 때 묻은 봄을 벗고/겨울 채비를 해야 한다"는 통찰처럼 메시아적 희망과 냉소, 사라진 종말론 사이를 오가는 세속적 고백을 다층적으로 내포한다는 점에서 의식적 파격을 생성한다. 그런 가운데 '바르 코크바'는 죽은 별이 아니라 여전히 '자 이제 성찬의 은하수 뚜껑을 건너자'는 선언을 통해 오늘의 구원 신화를 반어적으로 불러내는 역설이 자리 잡기 때문이다.

이러한 태도는 '하굿둑'을 성서적 강으로 은유해 도시의 종말을 예고하는 데서도 확인할 수 있다. 즉 "쉰 소리 울음이 도착하는 금강 하굿둑 철교 아래"라는 장면은 성서적 시간성과 한국 현대사의 풍경이 중첩된 거대한 상징 공간으로 은유하는 데에서도 볼 수 있다. 철새, 억새, 발자국, 들꽃 등 자연적 이미지들이 종말의 도시 속에서 뒤엉키고, 하굿둑을 도시와 자연, 기억과 시간의 문턱을 가로지르는 은유적 관문으로 그려내는 것은 이의 반증인 것이다. 특히 "푸른 허공"(「금강 겨울」)은 시인의 언어가 궁극적으로 지향하는 말 없는 진리, 언어 밖의 성서, 뿌리 없는 하늘로 독해할 수 있다는 점에서 침묵의 경전을 실현한다.

박일우의 기독교적 상상력은 또 묵시록의 재해석을 보여주기도 한다. 「땅에 쓴 글씨」와 「저녁이 되고 아침이 되니」와 같은 작품이 대표적이다. 시인은 「땅에 쓴 글씨」에서 예수의 침묵과 구원, 신전의 붕괴, 언어의 해체를 도시적 고통과 몸의 흔적으로 치환해 다시 쓴다. 가령 "남자는 남자를, 여자는 여자를 모방하고 소멸한다"는 파격적 구절은 현대 문명에 대한 급진적 탈기독교적 비판이며, 반면 「저녁이 되고 아침이 되니」는 창세기의 언어를 빌려 끝나지 않는 태초, 계속되어야 할 창조의 윤리를 환기한다. 창조는 끝나지 않았고, 존재는 여전히 저녁과 아침 사이에서 어슴푸레하다. 박일우는 '바깥에서'라는 테마 아래 성서적 기표(바르 코크바, 엘리야, 모세, 요한, 아사셀 등)와 일상(서울, 시계, 밥솥, 텃밭, 인터넷)과의 불협을 통해 종교적 신화와 문명의 탈진 사이의 틈에서 여전히 말을 거는 시적 순례자이기도 한 것이다. 따라서 이 시집은 한 편의 종말론적 경전이다. 박일우의 언어는 성서적 이미지를 호출하되 그 진리를 재 전유하거나 대체하지 않는다. 그는 흔들고, 꺼내고, 무너뜨림으로써 다시 '말씀 이전'의 진리, "형상도 이름도 존재하지 않는 불립문자(不立文字)를 지향"한 고독한 순례의 길을 접는다.

김홍진 | 한남대 교수. 문학평론가

시와정신시인선 54

싸리나무 아래에서

©박일우, 2025

1판 1쇄 | 2025년 10월 15일
지 은 이 | 박일우
펴 낸 곳 | 시와정신사
주   소 | (34445) 대전광역시 대덕구 대전로1019번길 28-7, 2층
전   화 | (042) 320-7845
전   송 | 0504-018-1010
홈페이지 | www.siwajeongsin.com
전자우편 | siwajeongsin@hanmail.net

공 급 처 | (주)북센 (031) 955-6777

ISBN 979-11-89282-82-0   03810

값 10,000원